KB110057

어머니의 정원

어머니의 정원

발행일   2017년 6월 02일

지은이   다카야스 요시로(高安義郎)   옮긴이   임나현
펴낸이   손 형 국
펴낸곳   (주)북랩
편집인   선일영   편집   이종무, 권혁신, 송재병, 최예은
디자인   이현수, 김민하, 이정아, 한수희   제작   박기성, 황동현, 구성우
마케팅   김회란, 박진관
출판등록   2004. 12. 1(제2012-000051호)
주소   서울시 금천구 가산디지털 1로 168, 우림라이온스밸리 B동 B113, 114호
홈페이지   www.book.co.kr
전화번호   (02)2026-5777   팩스   (02)2026-5747

ISBN   979-11-5987-589-2 03830 (종이책)   979-11-5987-590-8 05830 (전자책)

어머니의 정원

알츠하이머는 폭풍이 되어 어머니를 덮치고

다카야스 요시로(高安義郎) 지음
임나현 옮김

북랩 book Lab

차 례

서막

어머니를 모시고 짧은 여행을 가기로 했습니다
여행 채비를 재촉하자
그런 말 들은 적 없다고 어머니는 잘라 말합니다
분명 단풍놀이를 기대하셨기에
묶을 숙소의 팸플릿을 펼쳐 보였습니다
그러자 돌연 안색을 바꾸며
"늙은이를 그렇게 괄시하고도 세상이 통할 성싶으냐?"
호통을 치며 거실을 나갔습니다

비위 한번 잘못 건드리면 몇 주일 가는 법
불온한 공기가 집안을 무겁게 감돌곤 했습니다
그런데 몇 시부터인지 이번에는
언짢은 심기가 금세 사라졌습니다
그런 일은 올 장마 무렵부터였습니다

오늘 아침 그렇게도 격노하시던 어머니는
정원에 핀 국화꽃을 이상하리만치 반기시며
온 가족을 불러댑니다
저녁 식탁에 둘러앉은 때였습니다

너희도 가끔은 여행도 좀 하지 그러느냐고
아주 너그러운 사람으로 돌아와 있었습니다

우리 부부는 어머니의 노화가 가시화된 요 몇 해
함께 영화 한 편조차 보지 못했습니다
그걸 아시는지 모르시는지
우리 집 젊은것들은 외출을 싫어한다며 흐뭇해하십니다
입소문을 일삼는 주변 사람들이 그 말을 믿고
"돈이 남아도니 얼마나 좋으시겠어요."라며 추어올립니다
이해하기 어려웠지만
말 그대로 어머니가 우리를 든든히 여기신다면
그것으로 충분했습니다

친구에게 이 얘기를 한 적이 있습니다
"어느 쪽인가가 거짓말을 하는 거겠지."
그는 허물없이 껄껄 웃으며 말했습니다
어머니는 예나 지금이나 거짓말을 할 분이 아닙니다
나도 구태여 거짓을 말할 필요는 없습니다
그렇다면 나이가 들자 인격이 변해서

어머니가 거짓말을 하는 사람으로 바뀌었는지 모릅니다
바로 오늘 아침의 일을 잊어버리는,
이런 일이 실제 있을 수 있을까요
나는 내 어깨너머로 어머니를 의아하게 바라보았습니다

어머니는 지금 툇마루의 등나무 의자에 앉아 계십니다
우리 가족을 소중히 지켜 오신 어머니입니다
병원에서 뇌 단층 필름을 보여 줄 때까지 나는
어머니가 알츠하이머병에 걸렸다는 사실은
모기의 날갯소리만큼도 짐작하지 못했습니다
몇 개월 지난 지금에야 돌이켜보니
이런 일들이 어머니에게 일어난 사건의 서막이었습니다

시간의 늪

마음이 망가진 어머니는 거친 말투로 역정을 냅니다
온 가족이 매몰차게 대한다며 한탄합니다
심경을 풀어드리려는 내 말도
어머니의 귀에 닿지 않습니다
혹시 내 인생행로가 불확실해서
망상을 핑계 삼아 한탄한 걸까요

주머니에서 빠져나간 시간의 늪에서
"학교생활은 할 만하니?" 갑자기 묻습니다
나의 교사생활을 염려하시는 걸까요
"벌써 30년이나 된 걸요."라고 대답하자
"거기 내가 할 만한 일은 없을까?" 묻습니다
대답을 못 하고 나는 눈을 내리감았습니다

또 하나의 불안 덩어리가 술렁이는 걸까요
어머니는 나직한 목소리로 자장가를 부릅니다
잠든 아이인 척 나는 들었습니다
어머니는 눈물을 흘리며 작게 말합니다
"불쌍한 애야. 이 아이는."

그 말을 들으니 나는 목이 메어오고
감은 눈에도 눈물이 가득 차올랐습니다
시간의 축이 엇갈려 돌아가고 있었습니다
어머니는 별안간 "내 집에 데려다주세요."
잠든 척하는 내 옷소매를 잡아당깁니다

말귀를 알아듣지 못해도
젖먹이가 원한다면
부모와 자식의 기억은 열매가 되어 머물 겁니다
하지만 어머니에게는 어떤 말도 시간에서 빗나가
망각의 폭포로 떨어져 흘러갑니다

나는 이해하기 쉬운 말을 찾거나
단념의 방정식을 시도하기도 했습니다
그러나 어떤 지자(智者)의 한 마디도
지금 나에겐 나뭇잎 배 한 장의 위안도 되지 않습니다
속수무책으로 두레박처럼 서둘러 저무는
가을 하늘의 노을을
긴 시간 바라보았습니다

"뭘 생각하는지 얘는."
어머니는 다시 삭정이 같은 마음으로 나를 툭 칩니다
작은 뜰에 붉은 노을이 드리워지고 있었습니다
잡초에 덮인 징검돌은 쓸쓸한 그대로입니다
말없이 뜰을 바라보는 어머니의 등에
할 말도 물을 말도 찾지 못하고
뜰의 붉은 시간만을 바라보았습니다

꽃병

어머니가 손수 만든 꽃병에 금이 가 있었습니다
오랫동안 현관 퇴창에 놓여
출근하는 아침마다 내 눈에
한 송이의 청정함을 보여준 꽃병입니다
늘 보아온 내가 흔한 들꽃을 그리
여유롭게 즐겨 본 일은 없었습니다

언제 금이 갔는지
기억이 새어 나오듯 물방울이 떨어져
퇴창은 검은 무늬 병처럼 흙빛을 띠었습니다
꽃은 말라 흙빛이고
손이 닿으면 곧 바스러질 것 같았습니다
꽃병에서는 맥락 없이 갈라지는 소리가 들리고
어머니 대신 꽃은 수선화 한 송이조차
지탱할 힘이 없었습니다

방 안에서 뭔가를 찾고 계시는지
어머니의 투정 섞인 혼잣말이 들립니다
새 꽃병을 갖고 싶으신지 물으니

꽃병 따윈 모른다고 말합니다
멀고도 더 먼, 아주 깊고 깊은 기억을
반침 속에서 찾고라도 계신지요

기억이 허물어진 어머니의 꽃병은
계절을 그리워할 수 없게 되었습니다
어머니의 모습에 가슴은 내려앉고
나는 처음 자신을 돌아보았습니다
메마른 후회로 흙빛 슬픔이 밀려옵니다
현관 입구에 선 내 두 발은
신을 구두를 언제까지나 정하지 못하고 있었습니다

가정이 무너질 뻔했던 오랜 일이 스칩니다
그때의 두려움 따위는 느끼지 않지만
남겨진 초조감이
어머니를 배웅한 역 저편에서
되살아나는 듯한 아침이었습니다

작별 인사

"이렇게 오랫동안 신세를 져서…."
인사를 하고 어머니는 수건과 칫솔을 봉지에 넣었습니다
곧바로 자기 집에 데려다 달라고 합니다
"여기가 어머니 집이에요."
추억 어린 벽의 얼룩을 설명해도
마음을 잃은 귀에는 닿지 않았습니다

어느 집을 자기 집이라 하는 걸까요
태어난 집일까요
젊은 날 살았던 옛집일까요
문득 저도 진지하게 생각해 보았습니다
그곳에서 누가 기다리는지를 물으니
배고파하는 아이들이 있다고 합니다
"그 아이가 바로 저예요."
제 얼굴을 내밀어 봅니다
"여러모로 폐를 끼쳤습니다."
머리를 깊이 숙여 나에게 조아립니다
"알았어요. 갑시다. 집이 어디세요?"
어디로 가야 할지 고개를 갸웃거립니다

"그러니까 제가 아들이면 안 되나요?"
"그렇진 않은데 순서가 있으니까."
어머니의 논리는 이상한 결론에 이르고
아들은 여전히 초등학생으로 있습니다
이윽고 무슨 생각이 들었는지 좌식 책상 앞에 앉아
벼루를 끌어당겨서는 편지를 씁니다
'잘 지내게 해 주셔서 감사드립니다.'
그것을 이 집 주인에게 건네라고 합니다
강인하게 살아온 어머니의 시대를 뛰어넘어
시간은 끝없이 되돌아가는 것만 같았습니다

도리 없이 나는 어머니의 손을 잡고
여느 때처럼 큰길을 한 바퀴 에돌았습니다
길모퉁이를 돌자 올려다보며
눈에 익은 우리 집 창문을 찾아냅니다
"집을 너무 오래 비웠구나."
바로 전까지 앉았던 툇마루에 다시 앉아
안도의 한숨을 내쉽니다

해가 단풍나무에 걸린 오후입니다
햇살 속에 앉은 어머니의 그림자는
작은 지장보살 모습으로 다다미에 비칩니다
그 고요함이 내 눈을 적십니다
"햇살에 눈이 부시네요."
핑계를 대며 눈물을 감추자
이번엔 오열이
목 깊이 복받쳐 올라왔습니다

유기체(有機體)

마음이라는 현상은
유기체의 흔들림 중 하나입니까

예전 어머니에게서 피어오른 증기의 흔들림은
우리의 눈에 자줏빛으로 반짝였습니다
배곯은 어린 제비가 주둥이 열고 아우성치던 그 해 질 녘
어머니의 등에 비치던 노을은 당신의 빛깔이 되었습니다
꿈은 거풍을 맞으며 결정화되고
풍화도 되는지요
소녀적 엷은 무늬의 꿈은 사라지고
대지의 굵은 덩굴무늬가 퍼졌습니다
그것이 당신의 유기 무늬로 되었습니다

팔십팔 년이라는 세월이
병약한 당신에게는 몹시도 버거웠나 봅니다
더는 견디지 못해 뇌에 이변이 일어난 것입니다
아니면 자식들이 남다르지 못한 탓에
기대의 틈을 메우지 못해서인가요
체념이 액체로 변하여 뇌가 녹아버렸나 봅니다

두절된 시간이 역사의 등불을 끄고
빛깔은 어머니에게서 희미해져 갔습니다

나를 가리키며 어머니는 아버지 이름을 부릅니다
기억 속에 침전하던 슬픔이 떠오르고
어머니와 누이의 죽음이 생각나 오열했습니다
자신의 집을 여행지로 착각하십니다
숙소 주인에게 사례 편지를 보낸다며
몇 번이고 편지를 씁니다
아침저녁으로 인격이 갈마듭니다
뜰에 나오면 알루미늄 문을 열지 못해
발을 구르며 저승에 있는 언니를 불러댑니다
굵은 기억은 바짝 여위어
녹슬고 엉킨 철사 같았습니다

의식의 붕괴라는 현상은
단순히 뉴런의 노쇠를 뜻하는 것입니까
그것은 유기 생명체의 숙명입니까
당신이 지금의 당신으로 되기 위한

무엇을 잃은 결과입니까
활기차던 시절의 당신 목소리가
무기질 카세트에서 재생할 때
회의감 속에 옛날이 허무하게 비틀거립니다
서녘 하늘에 물들어 가는 무기질의 저녁놀이
툇마루에 앉은 나와 어머니를 제각기 비춥니다
저녁놀 빛에 물들어 가며
유기체의 유는 바로 유한의 유
그럼 무기질의 무는 무한의 무일까
그런 것을 혼자 생각해 보았습니다

도깨비 소굴

배회하는 어머니의 마음은 아마
이런 심정이었겠지요

여기는 악인들이 사는 곳이 틀림없다
내가 지은 집과 비슷하지만
속을 줄 알랴?
사람의 탈을 쓴 도깨비 소굴이다
나를 잡아먹을 게 틀림없다
"여기가 어머니 집이에요."
친절을 가장한 목소리가 귓전에 들린다
내가 낳은 아이들이 큰일이다
어쨌든 우선은 나만이라도 도망쳐야 한다
아이들은 내가 꼭 구하러 온다
한번 결정하면 주저는 금물
주변을 살펴 결의가 무디어지기 전에 뛰쳐나가자

낮에는 지병인 요통에 시달려
일어서기도 여의치 않은 몸이었는데
하늘의 가호인지 통증을 전혀 느끼지 못한다

한순간 허점을 찔러 나는 덧문을 열어젖혔다
소리를 들었는지 도깨비들이 쫓아온다
재빨리 몸을 날려 나는 달음질친다
어둠 속으로 가볍게 녹아들며
일진의 바람이 되어 나는 사라진다
청춘의 방황이 몸에 되살아난 듯

조심스럽게, 그러면서도 파리한 목소리로
도깨비들이 나를 부르는 소리가 들린다
속을 줄 아느냐?
목숨 걸고 도망쳐 나온 몸
잡혔다간 끝장이다
다만 약간 마음에 걸리는 건
부르는 소리가 왠지 아들과 손자 목소리를 닮은 것이다

주위는 어둡고 울창한 겨울나무들이 꿈틀거린다
몸은 오소소 떨리고 손발이 언다
여기도 안주할 곳은 아니다
요리조리 도망쳐다니다 어느새

철망에 둘러싸인 정원으로 나왔다
철망 저쪽에 도깨비들의 차가 늘어선다
뒤로 돌아가면 흰 흙벽 곳간이다
곳간에 몸을 숨겨도 좋겠지만
어쩌면 도깨비들의 집합소일지도 모른다

춥다
흙과 나뭇잎이 칼날처럼 차갑다
꽁꽁 얼며 어둠에 녹아들었는데
갑자기 눈부신 차의 라이트가 내 주위를 비춘다
빛 속에서 내 귀여운 손자가 불쑥 나타난 것이다
이제 살았다 싶었다
부축을 받으며 방에 돌아온 것은 한밤중이었다

방에는 따뜻한 화로가 있고 아들들도 있었다
잠깐, 정말 내 아들들인가?
녀석들이 나를 잠재우려 속닥이고 있다
설마 아들이 도깨비에게 잡아먹힌 건 아닐는지
"너희들이야말로 어서 자거라."

말을 건네 봤지만 끈질긴 놈들이다
내 곁을 떠나려 하지 않는다
"어머니 이 약을 드시면 진정이 될 거예요."
도깨비 한 놈이 약을 내민다
독약을 먹이려는 속셈이다
"이 약을 먹으면 두드러기가 나서…."
어떻게든 요령을 부려 독약을 피하고 나니
도깨비들이 쓴웃음을 짓는다
어디 또 해 봐라
그런데 강제로 먹이지 않는 것을 보면
의외로 온화한 도깨비들일지도 모른다

슬쩍 떠보기로 했다
화장실에 가는 척하며 일어섰다
도깨비들은 의심쩍은 눈으로 감시했다
틈을 타 짧은 겉옷을 옆구리에 끼고
재차 나는 필사적으로 덧문을 열어젖혔다
민감한 도깨비들이 쫓아 나왔다
저항했지만 힘이 세다

"살려주세요."

엉겁결에 소리쳤지만 놓아주지 않는다

이제 다 끝났다고 체념한 때이다

아들들이 나타나 화로 앞으로 옮겨주었다

가까스로 구해주러 온 것이다

안도감에 온몸의 맥이 풀렸다

참으로 묘한 일이다만

아들의 얼굴이 도깨비로 변하면 요통이 멎고

아들로 돌아오면 통증이 찾아오는 것이다

"아직 졸리지 않으세요?"

아들들은 다정했다

나는 겉옷을 방구석에 두고

깔아 놓은 이불에 들었는데

아직 왠지 불안하다

잠든 척하고 있자니

장지문 뒤에서 나타난 도깨비 두 마리가

나를 가만히 바라본다

이어 우우하며 목소리를 죽여 흐느낀다
도깨비 눈에도 눈물이 흐르다니
그렇다고 내가 속을 줄 아느냐?
자 이제 어떻게 한다지
오늘은 일단 잠을 자 둘까

　　다음 날 아침 어머니는 아홉 시경 잠에서 깼습니다
　　어젯밤의 배회 소동은 기억하지 못하셨습니다
　　시내의 요양시설에 빈자리가 생겨
　　겨우 입소가 정해진 것은
　　그 며칠 뒤의 일이었습니다

주위의 이목

"가족인데 그 정도 돌보는 것쯤은…"
이목의 입들이 냉랭한 표정으로 수군댑니다
"시설에 들여보내기는 좀 이르지."
"맞아요, 아무도 못 알아보게 되고 나서도 충분하지요."
어머니를 시설에 입소시키려고 의논하면
약을 드시게 하려는 의도가 아니냐는 눈길로 비난합니다
문병 온 이모까지 같은 눈빛을 내비쳤습니다
못 알아보게 되는 상태란 어디까지를 말하는 것인지요

귀가 후의 내 시간은
모두 어머니를 위해 보냈습니다
매일 밤 아내와 교대로 곁을 지키기도 했습니다
집에 돌아가고 싶어 하는 마음을 안정시키고
배회하려는 고집을 달래드렸습니다
오랜만에 문병 온 이모가 말합니다
"둘이서 교대로 돌보면 힘들 거 없지 않아?"
"이 집도 물려받기도 했고."
"어머 그래, 오늘은 내가 다 돌봐드릴게."
이모는 우리가 엄살떤다고 말하고 싶었습니다

27

아내는 청소며 빨래며 식사 준비에
시간제 근무까지 해야 합니다

어머니는 차츰 어린아이처럼 시시각각으로 변하고
악몽과 현실 사이를 오가며 헤맵니다
"그건 꿈꾸신 거예요." 하고 설명하면
"모른다고 날 바보 취급하느냐." 하고 격분합니다
밤낮없이 지갑과 예금통장을 꺼내라 요구하고
지갑에 든 것을 수도 없이 세게 하고는
모자란다고 난리를 칩니다
아내는 끈기 있게 설명합니다
반지도 목걸이도 끝내 잃어버리고
찾다 지친 끝에는 결국
"너희들 아니면 훔칠 사람 없다."
"내가 지은 집이니 있는 돈 다 내놓아라."
아내의 얼굴을 쏘아보며 고함칩니다
나는 감사해 하고 있다는 말을 되풀이하며
어머니의 마음을 누그러뜨리려 시도했습니다
짐짓 온화한 표정을 내보이며 울화를 억누르는데

가슴 속에서 불협화음이 들려왔습니다
"독약을 먹이려는 거지?"
그렇게 소리치며 내던진 안정제를
내가 주워서 보란 듯 삼킨 날도 있습니다

어느 추운 겨울밤이었습니다
현관의 잠금장치에 녹슨 열쇠를 밀어 넣고
쏜살같이 밤길을 내달리는 괴상한 어머니를
우리는 필사적으로 찾은 일도 있습니다
뒷길 모퉁이 풀숲에서 발견했을 때
마치 어머니는 어딘가에서 온 난민 같았습니다

잠깐 정신이 돌아온 순간 물어보았습니다
"저녁에는 어딜 가려고 나가셨어요?"
그러자 자신이 또 미치광이 짓을 했느냐고 되묻습니다
가족의 앞날에 피해가 가니
아무에게도 말하지 말라며 흐느낍니다
하지만 밤이 되면 쌓은 목재 무너지듯 이성이 무너져
또다시 우리를 책망하다가 잠이 듭니다

"내가 보기엔 다소 건망증이 있는 거로밖에 보이지 않아."
"별일도 아닌데 너무 유난 떠는 건 아닌지."
농담처럼 던지는 가시 돋은 목소리가
친척들 간에 숙덕거림으로 퍼집니다
"남에게는 긴장해서 마음을 가다듬고 말씀하십니다."
"나는 남이 아니잖아."
"다른 집에서 온 사람은 모두 남으로 비치는 겁니다."
거듭 설명해도 그들은 어머니의 병을 인정하지 않았습니다
신문 외판원도 아니고 잊을 만하면 찾아와
선물로 모자를 씌워주는 게 당신들의 효도였습니다
그것은 반응을 즐기려 저지르는 범죄의 하나
'사기 효도'입니다
효도란 눈에 보이지 않는 창살 안에서
참고 견디는 것을 당연히 받아들이며 사는 것입니다

형제가 집을 지은 적이 있습니다
어머니는 축의금을 내주셨지만
내가 이 집을 증축한 때를 기억하십니까
"부모가 갖은 고생해서 겨우 지은 집을 어디가

맘에 안 들어 증축하는지."
그런 푸념을 가까운 이들에게 퍼뜨렸습니다
남에게는 친절하고 강인한 어머니였습니다
그러나 나에게는 한 치의 틈도 허락하지 않았습니다
다시는 사람으로 태어나지 않겠다고
나는 굳게 마음먹었습니다
그 마음은 지금도 변함이 없습니다
흔히 '아들 사랑은 며느리 미움'이라고 합니다만
말투가 신경에 거슬리면
나와 아내를 한통속으로 몰아 원수처럼 대하며
한 달여를 말 한마디 못 붙이게 했습니다

어머니와 서른한 해 이곳에서 살았습니다
젊었을 적 그토록 매몰차게 대했던 아내를
지금은 가장 의지하는 상황입니다
그것이 그나마 위안이 되기는 해도
지금의 모습을 그 삼십 년 전에
다시 보여드리고 싶은 심정입니다

우리의 피로가 한계에 다다랐을 무렵입니다
요양시설에 빈자리가 생겼다는 소식이 왔습니다
근심하던 차에 무심코 다른 이에게 그 말을 하자
비난 섞인 눈동자가 내 등을 노려봅니다
"거기 잘 알아봤어? 나는 권하고 싶지 않아."
자못 진심으로 염려한다는 식의 말투입니다
"한 달에 십칠만 엔 정도 들어요."
그 말을 듣자마자 근심이 싹 가신 얼굴로
"어머니는 복도 많으셔 연봉 두둑한 아들이 있으니."
공무원의 수입은 빤히 알고 있을 터입니다
고액 비용을 들일지, 고생하며 직접 병구완을 할지
어느 쪽이든 우리가 시달리면 이웃에겐 즐거운 일입니다
"하나밖에 없는 부모인데 다른 생활비 줄이는 것쯤이야."
불쾌한 열매들은 친척 집 창문에도 매달려 있습니다
"형 잘했어. 다음 일은 전문가에게 맡깁시다."
가까이 사는 동생이 해준 말만큼
우리 부부를 구원해 준 것은 없었습니다
요양 경험을 가진 친구가
"그간 고생 많았네."

그 한마디에는 눈물이 복받쳤습니다

뜬금없지만 나의 사인(死因)은 암이기를 바랍니다
암이라는 병명이 나는 두렵지 않아졌습니다
설령 아무리 고통스럽다 해도
아이들이 성인만 되면
꼭 나는 암으로 죽고 싶습니다
서두를 마음은 털끝만큼도 없지만
담배도 술도 그만둘 생각 따위 없어졌습니다
사랑해야 할 이들을 미워하게 만드는 병에 걸리는 것을
단호히 거부하겠다고 결심했습니다
남들과 가족에게 절대 폐를 끼치지 말라고
일찍이 어머니에게서 그렇게 배운 나였습니다

어머니의 정원 1
- 폭풍 후 -

한밤중에 더욱 거세진 폭풍으로
화단은 엉망이 되고 말았습니다
한여름 화려하게 꽃을 터트린 달리아의 울타리도
노각나무의 낡은 버팀목도 쓰러졌습니다
나동그라진 이식 삽은 벌겋게 녹이 슬고
바람에 날아간 소독 펌프는 우그러졌습니다
화분들은 받침대에서 떨어져 깨져있고
뒤집힌 플랜터의 흙덩이는
빗물이 흐른 흔적을 그리며 남아 있습니다.
겨우 바람이 가라앉은 다음 날
오후 느긋하게 찾아온 게으른 노을은
폭풍의 흔적을 못 믿겠다는 빛으로 내려다보고는
위로 한 마디 건네지 않고 산 너머로 가라앉았습니다

돌이켜보면 2년쯤 전부터
어머니의 가슴에도 폭풍이 일기 시작했습니다
애지중지하던 꽃들의 이름을 잊고
전날의 약속조차 기억을 못 하게 되었습니다
우리에게 들려준 먼나무의 기억은

온통 좀이 먹은 직소 퍼즐 같았습니다
생가 근처의 강가를 따라 물결처럼 핀 유채꽃과
하굣길 들판의 억새에 이는 바람은
비에 젖은 스케치북의 수채화입니다
어머니의 기억 대부분은
미궁의 어둠에 무너져 갔습니다
우리 집의 정원과 어머니의 가슴에
계절을 벗어나 몰아닥친 폭풍이었습니다

폭풍의 흔적이 남은 뜰에 서서
황폐해진 정원을 바라보았습니다
어머니가 정성껏 가꾼 정원이라고는
아무래도 믿기지 않았습니다
그 애처로운 한구석에
숨어 핀 듯 꽃 한 송이 보입니다
외로운 만큼 그리운 꽃이었습니다
화단을 벗어나 외따로이 핀
하얀 범부채꽃이었습니다

그러고 보니 어머니가 예전에 입은 유카타¹의 무늬가
범부채꽃이었습니다

비탈길

갈피를 못 잡고 방황하기만 한 나였습니다
당신의 격려에
반신반의하며 비탈길을 걷다 보면
어느새 짐승이 다니는 길에서 헤매고 있었습니다
그러면 어디선가 당신이 나타나
불같은 손으로 옷깃을 잡아채어
길 입구에 데려다 놓곤 했습니다

산제비꽃의 기억이 생생합니다
고사리 다발을 쥔 석양도 눈에 선합니다
그것들은 언제나
당신의 손바닥 위에 있었습니다
그러나 나는 그 손을 뿌리쳤고
오랜 시간이 흘렀습니다

뚜렷한 행로를 정하지 못하고 맴돌며
나는 버젓이 반세기를 살아왔습니다
흔해 빠진 칡꽃을 짓밟아 뭉개고
참억새 수수거리는 들판을 가로지르며

그때 뿌리친 손바닥에 내보일 만큼의
그 무엇도 쥐지 못하고 되돌아왔습니다

멈추어서고 보니
당신의 병은 의식을 망가뜨리고 있었습니다
아담한 시설 볕 드는 방 한 칸에
방아이처럼 동그마니 앉아
의아한 눈빛으로 나를 올려다봅니다

아내가 맞추는 손장단에
당신은 개똥벌레 노래를 부릅니다
시간이 멈춘 세계 속에서
어린 날로 되돌아갔을 뿐이라고
나를 타이릅니다
억지로 납득하려는 내 눈에는
눈물이 쏟아져 내렸습니다

그 비탈길은
이곳을 오기 위한 길이었습니까

겨우 다다른 이 방의 이처럼 밝고
애절한 정적은 무엇입니까
개똥벌레 노래가 끝나자
어머니는 양손을 들어 올렸습니다
올린 손을 나에게 뻗어
울지 말라는 듯 내 머리를 쓰다듬었습니다

스타더스트[2]

시설 입소 후 한동안 어머니는
집에 돌아가고 싶어 했습니다
"여기가 어머니 방이에요."
아무리 설명해도 못 알아듣는 어머니를 앞에 하고
적응 기간 한 달이 얼른 지나가기를
그것만 바랐습니다

햇살에 봄을 느낄 무렵
어머니는 다른 어르신과 대화를 트기 시작했습니다
어제 오후에는
오래전 익힌 춤을 한 어르신께 가르쳤다고 합니다
"함께 지내는 분들에게 익숙해진 것 같아요."
담당자에게서 들었습니다

다행이다 싶었습니다
나도 당연히 안심할 줄 알았습니다
그런데 허전함이 밀려들었습니다

2　스타더스트(stardust) : 1960년대 미국의 흑인 가수 냇 킹콜이 부른 명곡(옮긴이 주).

썰물에 휩쓸려가는 분홍 조개를 보는 것 같아
맘 놓고 기뻐할 수 없었습니다
어머니의 방에 앉아
집에서 옮겨온 괘종시계를 바라보았습니다
어머니가 좋아하는 멜로디를 들려주는 시계입니다
나는 잠시
어머니와 함께한 때를 돌이켜 보았습니다

시계가 세 시를 알리는 스타더스트를 연주한 때입니다
"무슨 벌을 받은 건지…"
어머니의 목소리가 떨렸습니다
나는 깜짝 놀라 귀를 기울였습니다
어머니는 지금 상황을 이해하시는 걸까요
할 말을 찾지 못해 못 들은 척
나는 시계만 바라보았습니다

바로 앞길을 초등학생 한 무리가 지나갑니다
새된 목소리는 오르골처럼
금세 삼거리 건너로 멀어져 갔습니다

"아키오가 돌아왔나 보다."
예전의 웃음 띤 그 얼굴로 어머니는 돌아왔습니다
손자 아키오는 지금 대학생입니다
어머니의 시계는 십 년 정도 고장 나 있었습니다

지금의 시간을 건져 올린다면
어머니의 마음은 슬픔으로 무너질 겁니다
조각 난 먼 과거를 떠도는 이 시간은
손자와의 즐거운 추억
그 속에서 지내는 한때입니다

오늘 시계의 스타더스트는
어머니에게 언제 적의 세 시를 연주해주는 걸까요

어머니의 정원 2
- 봄의 목덜미 -

어머니
오늘은 봄볕이 화사합니다
이곳에 오는 길에 핀 벚꽃은
이미 다 흩날려 떨어졌고
젊은 부부의 집 뜰에 피어난
튤립은 붉은 램프 같았습니다
시설 입구에는
당신이 좋아하는 개나리가
봄의 목덜미처럼 빛나고 있습니다

우리 집 정원 한쪽에
범부채꽃이 피었습니다
어머니가 키운 화초와
수십 년 가꿔온 분재들은
당신과 오래 알고 지낸 분들과 나누었습니다
남겨두라고 평소에 말씀하셨던 몇몇 화분과
갈라진 화분대만 남았습니다

이제 예전 모습은 찾지 못합니다

당신 또한
우리와 사랑한 때를 잊고
내가 모르는 시간으로 가셨습니다
그토록 배웅과 마중을 즐겼던 사계절도
이동하기를 잊었는지 시들어가고
당신의 정원은 꿈의 창을 닫았습니다

당신이 좋아한 꽃의 이름들을
되새겨보면 그저 허전하기만 합니다
웃자란 나무들의 새순 빛깔이 애처롭게 반전합니다
마음을 달래려 흙 한 줌 쥐면
거기에도 당신이 꺾꽂이해 움튼 싹이 있습니다
두고두고 기억에 잠기게 하는 흙의 빛깔입니다

한차례 바람이 지나갔습니다
코끝에 익은
그리운 향기를 머금은 바람이었습니다

필름

아들인 나조차
한 사람의 통행인에 지나지 않게 되었습니다
시대의 울타리를, 겨울 귀뚜라미처럼 뛰어넘어
자식과 손자와 증조부가 같은 배경을 걷고 있습니다
부모와 자식 사이도
걸맞은 배우자마저도
어머니의 종말 시나리오는
아무 의미도 지니지 않았습니다

어머니가 메가폰을 잡은 촬영장은 종언을 맞이했습니다
촬영용 필름도 다 써버린 상태입니다
모니터조차 아무것도 비치지 않습니다
찍어 모아온 팔십팔 년간의 네거필름은
곳간 안 어둠 속에 높이 쌓인 채 모르는 얼굴입니다
날씨에 따라 새어드는 빛의 놀음이
고달팠던 여정의 샷을 투영할 때가 있습니다
푸른 벽에 그것은 애처롭게 비쳤습니다

맥락도 없이 끊긴 필름이 사방으로 흩어지고
풍화된 조각이라는 것을 깨닫지 못한 채
어머니는 자꾸만 주워 모으며 흐느낍니다
우리가 몇 개 주워 드려도 봤지만
제대로 연결하려 하지 않습니다
영사기의 램프도 꺼져있습니다
기억을 담아둔 필름 케이스는 흩어지고
되감아 보려 해도 제목을 찾을 길이 없습니다
다시는 이야기를 이어갈 수 없습니다
낡은 옷장과 궤짝을 열었을 때입니다
암갈색으로 바란 스냅사진을 발견했습니다
너덜너덜해진 시나리오의 단편이
곰팡이 핀 가계부에서 나온 것입니다
주인공이 갈겨 쓴 흐릿한 대본입니다

새로운 집인 요양시설의 한낮 정원에는
개나리 한껏 뽐내던 봄이 옅어져 갑니다
내가 할 수 있는 것이라면
내 필름을 되감고

오래전 당신에게서 복사한 잔상을

차분히 되감는 일이었습니다

조도가 낮은 내 램프에 회한의 전류를 흐르게 하면

당신이 꿈꾸었던 옛 풍경이 벽에 비칩니다

당신은 반가운 듯 미소 짓습니다

그때 나의 시간도 흔들리지만

영사 램프의 빛이 렌즈를 통과하면

과거의 내 허무한 꿈마저도

그리운 초점으로 부끄럽게 이어집니다

그 영상은 왜 그런지 저녁노을의 쓸쓸함을

배경으로 지고 있었습니다

어머니의 반딧불이

"어제는 밤새 복도를 뛰어다니셨습니다."
담당자에게서 그런 보고를 들었습니다
"어머니 졸리시겠어요." 아내가 말했습니다
"바빠서 큰일이야."
어머니의 머릿속은 잠을 못 이룰 만큼 분주했습니다
여전히 중요한 업무에 관여하고 있나 봅니다

거실에서 노랫소리가 들려왔습니다
"어머니도 반딧불이의 집 노래하실래요?"
"풍금을 잘 치지 못하는데…"
"그래도 배우셨잖아요."
어머니의 눈에 반딧불이 떼가 어른거리는지
"강의 모양으로 반짝이는구나."
손가락을 저으며 아내와 함께 부릅니다
반딧불이 떼가 작은 강을 따라 멀리 이어지는 듯했습니다
소년 시절에 본 어머니 생가의 풍경을
그 손가락 끝에서 느꼈습니다

노래가 끝나자 피로해 하며 어머니는 눈을 감습니다
반딧불이가 수없이 날아다니는 꿈을 꾸시는지
잠든 얼굴에 맑은 미소가 번집니다
"반딧불이 꿈이라도 꾸시나 보네."
무심코 내가 한 말에
"어머니 즐거우셨죠?"
아내는 잠든 어머니에게 살며시 속삭입니다
내 눈에 비친 반딧불이의 강에 밤안개의 이슬이 맺힙니다

아이를 재우듯
아내는 어머니의 등을 다독거렸습니다
다독이며 작은 소리로 노래를 불렀습니다
아기를 어르듯 미소 띤 뺨에는
눈물 자국이 반짝이고 있었습니다
나의 어머니를 아내는 울어 준 것입니다

시설에서 돌아오는 길이었습니다
"어머니와 서른한 해를 살았어요."
아내가 불쑥 말했습니다

내가 몰랐던 어머니의 꽃다운 추억을
태엽장치 풀 듯 털어놓았습니다
초등학교 교사로 갓 부임한 처녀 시절
서투른 풍금을
음대 출신의 청년 교사에게 배웠다는
어머니의 첫사랑을
오늘 아내에게서 들었습니다

같은 이야기

"열 명이나 교수형에 처했다는구나."
"가족에게도 알리지 않았다는 걸까?"
어머니는 나에게 귀엣말로 소곤댑니다
"지갑을 네 개나 빼앗겼어."
의심을 드러내는 눈으로 호소했습니다

"어제 멀리 여행을 다녀왔더니 피곤하다."
"힘들어서 이제 여행은 그만해야겠어."
"역시 집이 제일이야."
"이 집은 언제 지었니?"
묻는 말에 따라 나는 생각 없이
"여긴 요양원이라니까요."라고 대답을 하려다 말았습니다
"다시 복직은 한 거니?"
"월급은 제대로 받니?"
"실패는 누구에게나 있는 법이야. 열심히 해라."
어머니의 머릿속에 나는 아직도 정직처분 중입니다

"딱 한 번만 말할 테니 잘 들어둬라."
"자동차 키는 언제나 부엌 서랍에 넣어둬."

"도둑이 이쪽으로 들여다보니까."
몇 해 전 새로 산 차를 어머니는 보물처럼 여기십니다

"지진이 나면 아무것도 챙기지 말고 도망부터 가."
"애들만큼은 무슨 일이 있어도 손을 놓지 마라."
"지금 애들은 뭘 하고 있니?"
대학생이 된 손자와 아들인 내가
늘 염려스러운 것입니다

"너희 학교는 언제 여기로 옮겨 왔니?"
"네 목소리가 들려서 기다렸어."

한참을 얘기하고 어머니는 침대에서 잠이 들었습니다
이따금 눈을 뜨고는
"사과 껍질이 요 틈새에 빠졌는데."
침대와 벽 사이에 손을 넣어 찾는 시늉을 합니다

"오늘 교수형이 있었어."
"네가 아니라서 천만다행이야."

"여기에 놓아둔 지갑이 없어."

"애들은 괜찮니?"

같은 말을 세 번 되풀이한 후

"자 이제 뭘 할까."

"쌀은 다 씻었나?"

평온한 요양원의 한 방에서는

시간이 가는 줄을 몰랐습니다

겉돌기를 반복하는 나의 얄팍한 인생도

어머니의 말에 동의한 오후였습니다

오늘의 창가

"어머니는 제 어머니예요."

"그게 대체 언제부터인데?"

"오십 년이 훨씬 넘은 전부터인걸요."

"그럼 내 어머니는 어디 갔지?"

"장 보러 간다고 하시던데요."

먼 옛날에 돌아가셨다는 말은 하지 못했습니다

"오늘은 아주 포근하네요."

"역시 가을이 좋아."

"곧 수국이 필 겁니다."

"그러고 보니 올해는 벚꽃이 피지 않았어."

활짝 피었지만, 우리 집은 올해

꽃구경할 상황이 아니었습니다

"이제 이 집도 지낼만 하시지요?"

"너희가 좋은 집을 지어 줬어."

"그런데 가끔 도둑이 들어와."

"아무것도 없어지지 않을 테니 염려 마세요."

"잃어버린 자전거들이 요 앞에 죽 늘어서 있어."

"어머니는 오누마타³ 변두리에서 도가네 여고까지
자전거로 통학하셨다면서요."
"말괄량이가 들어왔다고 엄청 놀림 받았지."
"그때는 자전거가 비싸고 귀했죠?"
"아버지가 두 대나 사 줬어."
"내가 고집을 부리면 말이야."
'네 친아버지가 아니니 그건 염두에 둬야 한다.'
"어머니가 자주 그렇게 말했어."

칠십 년도 더 지난 옛일들이
어머니에게는 어제 일처럼 떠오릅니다
어머니의 어머니도
언니도 동생도 이미 고인이 되었지만
어머니의 안에서는 모두 살아 있습니다
계절은 엇걸려 설경과 해수욕 광경이 함께합니다
"내일이 설날이었지?"
이런 질문을 되풀이합니다

---

3 오누마타(大沼田) : 치바현(千葉県) 도가네(東金) 시의 외곽 지역(옮긴이 주).

"어머니 내일 또 올게요."
"그래? 그럼 나도 갈 준비할게."
"어머니는 여기 계셔도 돼요."
"여기에 왜? 나도 갈래."
"그럼 조금 더 같이 있을까요?"
"그렇게 하자. 내가 잠자리를 마련해 줄 테니까."
"어머니는 이 침대에서 주무실 거지요?"
"침대가 편하지. 네게 빌려주마."
"괜찮으니까 어머니가 주무세요."
"그럴까? 오늘은 피곤하다."

어머니는 곧 숨소리를 냅니다
잠든 사이에 돌아가기가 차마 죄스러웠습니다
내버려 두고 가는 것 같아서 괴로웠습니다
그러나 이것이 어머니에게는 최선의 방법이라고
나 자신을 타이르며
뒷머리 잡아끌리는 심정으로 방을 나옵니다
병자가 병실에 있는 것과 매한가지이다
이 방은 아픈 어머니의 병실인 것이다

이렇게 자신을 이해시키고
고개를 끄덕이며 출구로 발을 돌렸습니다

접수처 옆 커다란 유리 벽에
구두를 찾아 신는 내 모습이 비칩니다
나는 그것을 못 보는 척하고
담당자에게도 인사를 건성으로 합니다
돌아오는 차 안에서 나는
어머니가 계신 창가를 언제까지나 바라보았습니다

자금우(紫金牛)

"할머님은 좀 어떠세요?"
같은 교원의 부인이 칡가루 떡을 들고 격려차 들렀습니다
"저도 두 해 어머니 병구완을 했어요. 부모이기에
오래 사시길 바라는 마음과 그만 헤어나고 싶은 심정이
솔직히 반반이었어요."
성격이 밝은 부인인데 차분한 어조였습니다
"외고집 아버지 시중들 일이 아직 남았어요.
친부모조차 힘든 걸요. 며느리인 댁의 고충을 십분 알지요."
그 말에 아내는 무척 위로받은 것 같았습니다
"우리도 부모를 봉양할 나이가 됐네요."
우울한 대화를 산울타리에 핀 자금우가 들었습니다
산울타리를 끼고 그 옆집에는 소꿉친구 미코 씨가
류머티즘으로 십 년 남짓 누워 계신 모친을 돌봅니다
"침상에서 이래라저래라 지시하고 세 가지 일을 한꺼번에
시키기에 '한꺼번에 시키지 마세요!' 하고 소리를 질렀어요.
그런데 기죽어있는 어머니를 보고는 그만 내가 울었죠."
평소 쾌활한 미코 씨의 푸념입니다

도로 맞은편 옛집에는
허리 굽은 할머니가 혼자 살고 있습니다
오십이 넘은 아들로 보이는 이가 이따금 오는데
언제나 말없이 꽃에 물을 줍니다
저녁이면 손수레를 무거운 듯 끌고
자동차와 학생들의 자전거를 피해가며 걷습니다

얼마 전 아흔네 살의 노인이
함께 사는 손자네 욕실에서 넘어져 돌아가셨습니다
손자며느리가 내 제자였기에
밤샘 분향을 하러 갔는데 그녀는 울고 있었습니다
고집불통 할아버지라는 평판이 자자해서
오히려 한숨 놓지 않았을까 싶었는데
그것은 내 좁은 도량일 뿐이었습니다
할아버지의 불우한 생애를 후에 나는 들었습니다
심성 고운 그녀는 할아버지의 생을 통해
인간의 애환을 깊이 느끼고 있었습니다

내 근무처는 모바라[4]에 있습니다

"집안 어른이 다쳐서 급작스럽지만 하루 휴가를…"

학년 주임 교사에게서 연락이 왔습니다

"할아버지의 검진일이 내일이라서 쉬어야겠습니다."

가정 선생님은 결혼 후 시할아버지의 통원을

도맡고 있습니다

"선생님, 이 근처에 노인을 위한 특별시설은 없을까요?"

치매에 걸린 어머니를 돌보던 아내가

과로 증상을 보인답니다

쾌활했던 선생님이 요즘 수척해진 이유를 알았습니다

"남편의 증조할머니가 아흔일곱으로 살아계시는데,

내가 갖다 드리는 밥에는 독약이 들었다고 안 드세요."

지난달 드디어 요양시설에 빈자리가 나와

독약 소란에서 해방됐다고 교무부장이 말했습니다

내가 근무하는 곳은 고등학생과 함께하는 곳이지만

교원 간의 대화 중에는 노인 문제도 상당수 낍니다

---

4 모바라(茂原) : 치바현(千葉縣)의 중부에 위치한 소도시(옮긴이 주).

이런 이야기들이 이제껏 나에게는 환상에 불과했습니다

간병의 고초 따위 생각한 일조차 없었습니다

고초는커녕 오히려 간병은 육아와 다름없이

가족으로서 당연한 일이라 여겼습니다

조금 신경 써서 돌봐 드리면 별문제 없겠지

그 정도로 가볍게 받아들였습니다

어머니가 배회하며 알게 된 일이지만

간병의 고충을 글로 쓰면 백과사전을 웃돌 겁니다

우리도 아주 지치고 말았습니다

정신이 파괴되는 소음마저 들려왔습니다

간병 경험이 없는 사람은 도저히 알지 못할 세계입니다

한밤중 어둠을 타고 없어진 어머니를

함께 찾은 동생은 그런대로 이해해주었지만

멀리 떨어진 친척들은

입으로는 표현하지 않아도

태도로 우리를 비난했습니다

"시간 날 때마다 여러 곳을 돌아보고

어렵사리 입소할 수 있는 시설을 찾았습니다."

쉬기 어려운 상황이었지만 나는 휴가를 냈습니다
휴가를 마친 다음 날 인사도 드릴 겸 교장에게
"시설에 보내고도 심경이 복잡하고 가책을 느낍니다."
그런 푸념에 담배를 즐기는 교장은 불을 붙이며
"예전에 나도 아내에게 말이죠
배회하는 장모를 묶어 두겠느냐고
그렇게 설득해서 시설에 들여보냈습니다."
오랜 이야기를 털어놓았습니다
부인이 오빠가 있는 친정집에서
모셔온 어머니였다는 것입니다

간병 문제가 요즘의 화젯거리 같습니다만
나와는 상관없는 일처럼 가볍게 생각했을 뿐
사실 아주 오래전부터 내 주변에 있었습니다
더듬어보면 어린 시절이었습니다
분가한 집이나 새로 꾸린 가족은 모두 밝았지만
본가로 불리는 집에는 어김없이 오래 앓는 노인이 있었고
비밀스러운 방에는 선뜻 다가가기 어려운
어둠이 도사렸습니다

가족제도가 노인 간병의 뿌리일지도 모른다는 것을
새삼 생각해 보았습니다

오늘도 평온한 아침이 열렸습니다
빈방인 줄 알면서도 어머니가 계시던
침실을 들여다봅니다
오늘 예정을 확인하며 역으로 향하다 보면
아침 햇살은 모든 집 대문을 밝게 비춰줍니다
큰길에는 쓰레기를 버리러 나온
젊은 엄마들이 인사를 나눕니다
건널목에는 당번 어머니들이
초등학생을 건네주고 있습니다
도로에는 여느 때처럼 이어진 차량이
빨간 신호를 주시하고 있습니다

이른 아침 교정엔 바지런한 까마귀들이
먹이를 찾고 있습니다
주무관이 깃발 계양대에서 후문으로 뛰어갑니다
내 아침 시간은 전화 담당을 겸합니다

아무 일 없는 하루가 되기를 바라자마자
교감회에서 팩스가 들어와
동료 교사 부모의 부고를 알려왔습니다
뒤이어 전화가 바삐 울립니다
"아기의 열이 내리지 않아요. 쉬게 해주세요.
시험 문제는 시간에 맞추도록 하겠습니다."
젊은 주부 교사의 다급한 목소리가 울립니다
"육아 고생은 반드시 보답을 받으니까."
수화기를 내려놓고 중얼거렸습니다
해 질 무렵 "우리 아이 나무라지 마세요."
이기적인 학부모에게서 어이없는 전화가 걸러왔습니다
밤늦게 막내아들이 보고를 전해왔습니다
원하는 직장에 내정되었다는 소식입니다
어릴 적 길게 입원 생활을 한 아들입니다

수천 일이던 어제가 오늘로, 자금우처럼
내일의 울타리로 이어지고 있습니다
달빛에 울타리가 흔들린 밤이었습니다
어머니는 입소 때보다 한층 더 치매가
심해진 것 같았습니다

플랜터

아내는 어머니에게 말을 겁니다
"아침저녁으로 쌀쌀하지 않으세요?"
"허리는 안 아프세요?"
어머니는 잠자코 고개를 끄덕입니다
어제 잠시 정원을 손질한 나는
오늘 허리가 뻐근했습니다
"어머니 해바라기 모종을 이식했어요."
"나팔꽃 선반도 만들었어요."
"늦은 감이 있지만
어머니의 플랜터에 개양귀비 씨앗도 뿌렸답니다."
이것저것 흥미 돋을만한 이야기를 끌어내도
그토록 아끼던 화초에
어머니는 관심을 보이지 않았습니다
결국 우리는 화단 이야기를 그만두었습니다

옛이야기를 나누다 창밖으로 눈을 돌리니
참새가 베란다에 머물고 있었습니다
"이렇게나 가깝게 참새가."
혼잣말을 했는데

"해 질 녘에는 찌르레기가 구름처럼 떼로 날아와."
그것은 어머니가 태어나 자란 마을의 하늘 이야기로,
반세기도 더 지난 옛날에 사라진 광경이었습니다

창문 아래로 시설의 화단이 보였습니다
빨갛게 뱀무꽃이 피어 있었습니다
"이쪽의 노란 꽃은 뭐지
집에 가는 길에 식물센터에 들러볼까?"
나는 작은 소리로
어머니의 등을 쓰다듬는 아내에게 물었습니다

간식 시간이 되어 어머니는
어르신들이 모여 있는 거실로 나갔습니다
잠시 상황을 살핀 후
우리는 말없이 돌아왔습니다

식물센터에서 모종 화분을 살펴보는데
아내는 흰 나비처럼 옮겨 다니며 꽃들에 넋이 팔렸습니다
"우리 둘의 플랜터를 하나 살까?"

나무 플랜터를 들어 안으니

"신혼 같네요."

아내가 말합니다

오십 줄을 넘어서야

겨우 신혼 기분을 맛보았습니다

미안함이 가슴에 감돌았습니다

못 들은 척

"무거운데 내가 들지."

마음을 다해 사죄하는 심정으로 말했습니다

데코봉[5]

간식을 지나치게 드시면
저녁을 못 드실 때가 있어서요

전날 담당자에게서 주의를 받았습니다
적게 드시던 어머니인데
지금은 과자 그릇에 가득 담긴 와플과
팥소 넣은 찰떡 한 팩까지
맛있게 다 먹어 치웁니다
많이 드시게 하는 게 효도는 아니다
잘 알면서도
제과점에 들어서면 나는
이것저것 골라 담습니다
아내는 랩으로 딸기 세 개를 쌌습니다
데코봉 하나 들고
오늘은 손톱깎이도 가지고 갔습니다

---

5 데코봉 : 귤과 오렌지를 교배한 품종으로 한라봉과 같은 품종(옮긴이 주).

어머니는 토파즈 보석이 박힌 반지를 끼고
거실 천장을 올려다보고 있었습니다
내가 손을 흔들자 의아한 듯 내 쪽을 쳐다보고는
곧 만면에 웃음을 띱니다
아내가 손을 잡자 "우리 며느리예요."
요양담당자에게 오늘 또 소개합니다
몸을 돌려 나에게 엄한 눈길로 말합니다
"큰절 올려라."
나는 어떤 대답을 해야 할지 몰라
내가 치매에 걸린 마냥 묘한 표정과
순간의 억지웃음으로 뺨이 경련했습니다

방에 모시고 와서 이틀 전과 같은 옛이야기를 나누고
시설은 며느리가 지은 집이라고 하자 고마워하시고
스물이 넘은 손자 돌보는 일을 근심했습니다
한차례 대화가 끝나자
"아기를 두고 왔으니 빨리 돌아가거라."
오늘은 되쫓겨나오듯 방을 나왔습니다
어머니가 현관까지 바래다주었습니다

"하나밖에 없지만 참 달아요."
아내가 가져온 데코봉을 손에 쥐어 드렸습니다
"열심히 해라. 포기하지 말고."
눈시울을 적시며
유리문 너머로 손을 흔들어 주셨습니다
무엇을 열심히 해야 좋을지 짐작이 가지 않습니다

하긴 요즘 나는
어머니를 시설에 보내고 난 후
아무 의욕이 일지 않습니다
데코봉이 갑자기
납덩이처럼 무겁게 느껴졌습니다
열심히 하는 일도 없으면서
어머니는 왜 시설에 보냈는가
그런 말을 들을 것 같아 편치 않았습니다

어머니의 정원 3
- 선반의 흔적 -

아내는 해바라기 모종을 심고
나는 나팔꽃에 그물을 쳤습니다
거칠기만 했던 풀밭이 서서히
정원다운 조짐을 보여 왔습니다
아내도 나도 꽃을 싫어하지는 않지만
사실 흙 만지는 일은 아주 서툽니다
서툴지만 요즘 부지런히 흙갈이를 합니다
누군가에게 보여주려고 하는 일 같았습니다
누군가란 누구를 말할까요?
알 듯 모를 듯 우리는 드러내지 않고
서로 확인하려고도 하지 않았습니다

건강한 시절 어머니는
이 정원에서 분재와 야생화를 가꾸었습니다
잡초 같은 들풀조차
어머니가 모르는 꽃은 이곳에 피지 않았습니다
어머니의 병이 깊어지면서
꽃의 이름들도 사라져가고
분재 선반이 있었다는 것마저 잊으셨습니다

그렇기에 우리는 다시 태어난 이 정원을
어머니에게 보여드려도 의미가 없음을 잘 압니다
알면서도 우리는 잠자코 밭을 갈고
선반 대신 돌을 나란히 놓았습니다
어머니의 자랑거리였던 화분들은 볕 드는 곳에 내려놓고
정성껏 매일 물을 줍니다
어머니가 빙의라도 한 듯 구부린 등으로 아내는
오늘 아침에도 잡초를 뽑았습니다
그 모습이 왠지 우스웠습니다

장마로 지루했던 몇 주일이 달팽이 위를 지났습니다
해바라기는 잎맥이 깊어진 잎을 한껏 펼치고
나팔꽃은 부드러운 섬모 덩굴을 출렁입니다
"이제 곧 꽃이 핍니다."
나 자신에게 말했습니다.
사실은 나 자신에게 한 말이 아님을 알았습니다
"금방 꽃이 피겠어요."
아내도 부엌에서 한마디 보탭니다
"빨리 폈으면 좋겠는데."

아내와 나의 혼잣말이었습니다

"누가 가장 기뻐할까?"

묻지 않아도 서로 잘 압니다

이 화단은 어머니가 말년을 일구며 보낸

선반의 흔적입니다

이 꽃들이 꽃잎을 활짝 여는 날

참았던 울음도 툭 터지는 건 아닐까…

왠지 그럴 것 같은 비 갠 아침이었습니다

한때의 희비(喜悲)

아내는 거의 매일같이 어머니를 찾아뵙는데
나는 일 관계로 일주일에 한 번이 고작입니다
어제 두 주 만에 어머니를 뵙고 함께 점심도 들었습니다
나는 시설에서 조리한 파스타를 먹고
어머니는 아내가 준비해간 초밥을 드셨습니다

"가족은 다 잘 있니?"
난데없이 안부를 묻기에 깜짝 놀랐습니다
어머니가 시설의 방을 집으로 믿는 것 같아
나도 체념과 평안을 찾던 차였기 때문입니다
집과 시설을 구별하시는 걸까요?
집으로 돌아가겠다고 하면 어떻게 해야 할지…
알츠하이머병은 낫지 않는다고 들었습니다
어머니에게 기적이 일어난 걸까요
"아키오가 취직을 했어요."
아내가 말했습니다
"그랬다는구나. 이제 우리는 만만세야."
얼마 전의 손자 일을 기억하는 말투에 또 놀랐습니다
집에 모시고 갈 수 있을지도 모른다

문득 그 생각이 앞섰습니다

내일이라도 의사와 상담해봐야겠다고 마음먹었습니다

"너는 직장에 복귀되었니?"

수첩을 살펴보던 내게 물었습니다.

"교도소에라도 들어갔다 왔니?"

여느 때의 허무함이 되살아났습니다

헛된 기대는 축제 후의 풍선이었습니다

나는 수첩을 주머니에 넣었습니다

다음날 직장에서 돌아온 밤의 일이었습니다

아내에게서 보고를 들었습니다

"요시오가 요즘 집에 안 돌아오는데 무슨 일일까?

목소리는 들리는데 모습이 보이지 않아."

적적한 듯이 말했다고 합니다

"어제 함께 밥을 먹었는데 기억 안 나세요?"

아내가 물어도 고개만 갸우뚱거리더랍니다

저녁 식사를 마쳤을 무렵 시설에 들렀습니다

아침나절에 생가에 가고 싶다며

이모 댁에도 인사를 가고 싶어 했답니다
어머니 형제 중 생가에 계신 이모는 자치 회장이고
이모부도 건강하게 고구마밭을 가꿉니다

큰이모 부부를 십 년 전에 돌아가셨다고 말하면
어김없이 비탄에 잠기십니다
이곳에서 나는 늘 거짓말만 해야 합니다
"어머니보다 연세가 많으니까 집에서 잘 모시고 있겠지요."
"그건 그래, 그게 도리지."
한 마디 한 마디가 제각각
이치에 맞는 것 같아 웃음이 나옵니다
때로는 내가 속는 것 같은 기분도 들었습니다

"아키오는 지금 누가 돌보니?"
어머니에게 손자는 여전히 젖먹이 상태입니다
"피곤해지기 전에 좀 자 둬라. 나도 자야겠다."
침대에 눕자마자 숨소리를 내고
이제껏 나눈 대화는 모두 안개로 사라집니다

잠에서 깨면 곁에는 아무도 없습니다
조금 전까지 저와 며느리가 있었다는 사실조차 잊습니다
테이프가 끊겨 녹음할 수 없는 카세트인 어머니입니다
이것이 오래전 나를 위해 강인하게 사신 어머니입니다
어머니의 시간은 깊은 웅덩이처럼 움직이지 않습니다
지금 한때가 슬프면
어머니에게는 인생 전체가 슬프고
즐거우면 일생이 즐거운 것이었습니다

이제 어머니의 인생 전체가 즐겁도록
오늘 이 한때를 즐겁게 해드리자는
그것밖에 나는 할 수 없습니다
착각의 슬픔조차 애통해하는 어머니에게
지금 행복한지 아닌지
물을 필요도 없습니다
그래서 오늘도 염치없이
성공한 자의 탈을 쓰고 나는 어머니를 찾아뵙니다

폐에 대한 잡감(雜感)

남에게 폐를 끼쳐서 좋을 삶이 없고
폐를 떠맡아야만 할 삶이 따로 있는 것도 아니지요
그런데도 우리는 서로의 폐를 숙명으로 받아들입니다
서로에게 폐를 끼친다면 그것은 단순한 거래입니다
거래라고 한다면 어떤 의미에서는 유상(有償)입니다
그렇다면 무상(無償)의 폐도 이 세상에 존재할까요?

어머니의 뇌병을 나는
냉정하게 받아들인 줄 알았습니다
의미 불명의 폭언을 참아낸 일도
추운 겨울밤 배회를 지켜본 일도
나에게 폐를 끼친다고는 생각하지 않았습니다
내 몸은 녹초가 되고
정신이 망가져 가는 가슴 울림을 들었습니다
그래도 어머니를 폐라고 생각하지 않았습니다
그런데 불현듯 이런 생각이 스쳤습니다
만일 내가 망가지면 처자식에게 큰 폐를 끼치겠구나

순간 가슴이 철렁했습니다
아내와 자식에게 폐를 끼친다는 발상은
어머니를 지금 내가 그렇게 받아들였기 때문이 아닐까?
깨닫지 못한 큰 모순이 있었습니다
혹시 내 속에 위선이 잠재해 있었을까요

십수 년 전 아들이 다친 때를 돌이켜보았습니다
아이가 아파하는 만큼 나도 괴로워하다가
소망과 불안감으로 쓰러진 일이 있습니다
다 자란 아들이 어느 날 천연덕스럽게 말했습니다
"그때는 제가 폐를 끼쳤습니다."
어른이 됐다는 증거의 겉치레 말에
"천만에."라고 잘라 대답했지만
사실 털끝만큼도 아들에게는
폐를 입었다고 생각한 적이 없습니다

그러니 나에게 위선은 없을 것입니다
군이 '폐'라고 하자면
이것이야말로 무상의 그것이겠지요

그리고 그것을
다른 말로 바꾸면 어떻겠습니까
가령 '호의'나 '자애' 아니면 '사랑'

아마 나는 누군가에게 사랑받기를
거부했을지도 모릅니다
그게 아니라면 억지로라도 나를 사랑해주기를
차마 바라지 못한 건지도 모르겠습니다
사실 나는 이기적이고 남에게는 폐를 끼치는 존재였습니다

사람을 좋아하고 사람들이 좋아해 주고
함께 기뻐해 주는 사람이 되라는 말은
젊었을 적 어머니의 입버릇이었습니다

소망

내가 초등학생이던 시절 어머니는
내가 하는 말에 번번이 놀라워해 주셨습니다
무지개는 일곱 색이라고 말하면 깜짝 놀라며
'빨, 주, 노, 초, 파, 남, 보'
이런 글귀를 가르쳐 주셨습니다

어머니에게 야단맞는 일도 잦았습니다
해종일 놀다 돌아온 뒤에는 어김없이
벌을 받은 기억이 납니다
왜 꼭 야단을 맞아야만 했는지
그 까닭은 여전히 알 길 없습니다
그런데 어머니를 기쁘게 하는 방법도 알고 있었습니다
고매한 꿈을 열심히 설명하면
오래오래 살아야겠다며 환하게 웃으시곤 했습니다

완성된 틀에 맞추어 제작된
단조로운 홈페이지와도 같은 인생
56년을 바람에 실려 보냈습니다
어머니는 이제 그 무엇에도 놀라지 않습니다

어떤 소망도 떠오르지 않게 되었습니다
불안만이 고개를 쳐들고
아들의 장래가 염려스러울 뿐입니다
아들을 위한 자신의 처지가 마음에 걸리는 것입니다

제자리에서만 뱅뱅 돌던 내 교원 생활도
사 년 후면 정년퇴직을 맞이합니다
어머니는 나에게 무엇을 바라십니까?
순수했던 꿈은 어느새 들녘 멀리 사라졌습니다
그런데도 무엇을 아직도 기다리시는지
어머니는 한여름의 도깨비불 꼬리처럼
꺼져가면서도 끈을 부여잡고 있습니다

어머니의 소망이 이루어진 걸까요?
병약했던 어머니인데 어느 형제보다 긴 삶을 누리셨습니다
하지만 나에게 걸었던 기대는 이제 접어야 할 것 같습니다
"아직 모른다, 남자는 육십이 지나서야."
지금에 이르러서도 어머니는 무엇을 바라는지
상황을 알고 하는 말씀은 아니겠지만

그래도 나는 가슴이 철렁했습니다
'어머니보다 먼저 죽지는 말아야 한다.'
그 말을 내심 중얼거렸습니다

아귀(餓鬼)의 제안

하찮은 내 인생에
아내인 당신은 늘 나의 신변을 챙겨 주었습니다
아귀처럼 이기적인 나를
빈틈없는 누나로서 받아주었습니다
때로는 내 자만심을 세상에 시험해 보려고
출발선에서 등을 떠밉니다
나는 모르는 척
언제나 아귀인 그대로 행동했습니다
그게 더 편했습니다
자만심 가득한 남편을 조종하다니
바람기 심한 탤런트가 착실해지기보다 어렵습니다

요즘 들어 삶의 피로가 비칩니다
치매인 어머니를 간병해주는 시설도 찾았고
맘 놓고 집도 비울 수 있으니
이제껏 맛보지 못한 안락함이
지나온 내 고생을 웃음엣소리로 만듭니다
사소한 말끝에 발끈하고
속 뵈는 발림 말로 가슴 후련해 하던 내가

갑자기 한심해 보입니다
아들들은 나를 닮아 오만하고
그렇기에 나를 따르지 않았습니다
미움받으면서까지 사람을 사랑하고 싶지는 않았고
밖으로 향했던 막연한 꿈도 사라진 지금
인생의 의미를 물을 마음마저 없어졌습니다

그렇다 해도 당신을 남겨둔 채
"뒷일은 마음 내키는 대로"라는 말은 못 합니다
삼십이 년 어머니와 나를 보살펴준 은혜가 있습니다
저세상에서 나는 불성실한 자라는 낙인이 찍히겠지요
그래도 당신은 자식들이 감싸줄 겁니다
아들들에게 신세 지는 것이 예사인 사람이니까요
내버려 두어도 걱정 없겠습니다
어차피 아들도 고작 거기까지일 것입니다

언젠가 아내는 계단을 헛디뎌 넘어질 뻔했습니다
조심하라고 주의를 시키자
"덜렁이라서 귀엽지 않아요?"

여동생이 되고 싶은 아내의 마음을 그때 헤아렸습니다
'누나로 그냥 있어 주오.'
가만히 말했습니다
하지만 저세상에서는 나도 좀 가슴을 펴고 싶습니다
그곳에서는 한 가지 제안을 하겠습니다
토요일은 지금대로 당신이 누나
일요일은 미덥지 않겠지만 내가 오빠 역할을 합시다
앞으로 내게 남은 시간 동안 우리,
이렇게 살아가면 어떻겠습니까?

어머니의 정원 4
- 사라나무 -

작약이 꽃잎을 다 떨어뜨리자
아내는 콜레우스를 사 왔습니다
지난주에는 분홍터리꽃을 사오더니
어제도 화분 몇 개를 사들였습니다
산수국과 안개나무도 끼어들어
우리 집 정원은 마치 출구 없는
대나무 숲을 방불케 합니다
서둘러 만든 사립문 앞에
오늘은 풍접초가 가득합니다.

어머니에게서 잊힌 정원은 거칠고 메말랐습니다
이름을 잃은 화초와
지조도 없이 가지가 웃자란 분재들은
지휘자 없는 변두리 음악대였습니다
분재들을 지인에게 나누어 처분하자
찬바람이 되돌아갔습니다

아내가 화초를 사들이는 것은
예전의 초목이 우거졌던 어머니의 이 작은 정원을

되살리려는 것 같습니다
혹은 어머니의 기억을 더듬는 것 같기도 합니다
사들인 화초에 꽃망울이 달리면
출근 전의 나를 불러
손가락으로 여문 꽃망울을 가리킵니다
예전에 어머니가 현관 앞에 화분을 두고
"꽃을 보고 가거라."
그렇게 말하며 배웅해주신 아침이 되살아납니다
"어제 어머님 계신 방에 부겐빌레아를 놓아드렸어요."
"카네이션은 시들어가기에 가져왔어요."
발치에서 회복 중인 꽃이 그것 같습니다
어머니는 이제 화분에 물을 주는 일도
시든 꽃을 따는 일도 하지 못합니다
"꽃을 봐도 모르시지?" 물으니
"예쁘다고 좋아하시는 걸요." 아내는 대답합니다
어머니는 이제 같은 꽃을 여러 번 보아야 좋아합니다
눈앞에 보이는 꽃이 어머니에게는 꽃의 전부이기에
그 밖의 꽃의 존재는 다 잊는 것입니다

"어머님이 심은 사라꽃이 폈는데 한 줄기 갖다 드릴까요?"
아내는 둘러놓은 돌 위에 깨금발로 올라섰습니다
손이 닿자 꽃잎이 흩어져 떨어졌습니다
"이곳에서 피는 걸 더 좋아하실 텐데."
나는 감사의 말로 대신했습니다
잊고 있었던 꽃에 대한 어머니의 정성이
정원에 되살아난 듯했습니다

다음 휴일에 아내는
무슨 꽃을 사 올까요?

아들

"대체 어디에 가 있었느냐"
어머니는 내게 다그쳤습니다
"계단을 내려오는 사람들을 아무리 봐도
너는 끝내 안 보이더구나
공항에도 가서 찾아봤지만
너는 어디에도 없었다."
어머니는 의심쩍어하는 눈빛으로 캐물었습니다
"감옥에라도 끌려들어 갔는지
걱정되면서도 정말 그렇다면 어쩌나 싶어서
아무에게도 묻지 못했어."
앞뒤가 뒤죽박죽인 이야기를
나는 매주 들었습니다
웃으며 그저 고개를 끄덕이지만
아무래도 어머니는 매일 아침저녁
나를 찾는 것 같습니다

"형님을 의지하는 거겠지."
동생은 말했습니다
나는 바로 "그건 아니야."라고 대답했습니다

함께 살아온 가족 간의 정이라고 믿고 싶었습니다
과연 그럴까요?
그저 그렇게 믿고 싶었던 게 아니었을까요?
사실 의지한다 해도
아무것도 못 해드리는 답답함을 애써 감추기 위한
핑계였는지도 모릅니다
실제 내가 해드릴 수 있는 게 없습니다
학교 일을 그만둘 수는 없고
만일 그렇게 해도
아무도 행복하지 않습니다

어머니는 오늘 밤도 나를 찾겠지요
다음 주 서둘러 또 뵈러 가겠습니다
점심을 함께한 오늘 일을
그때까지 기억해 주십시오
아니, 그것이 어려운 부탁인 줄은 압니다
그래도 다음 주에도 꼭 면회를 가겠습니다
내 얼굴을 보는 순간
모든 불안이 사라질 겁니다

그것만은 누가 뭐래도 사실이니까요

그때까지 아들 따위는 포기하는 편이 낫겠습니다

분명 재회의 기쁨이 더 크게 부풀어 오를 것입니다

그런 염치없는 변명으로

내가 나를 설득해서

잊고 지내려 합니다

어린 참새

몇 해 전부터 현관의 차양 틈새에 참새가 둥지를 쳤습니다
배설한 얼룩으로 들보가 지저분해졌습니다
가까이 다가가면 어린 참새는 울음을 멈춥니다
숨을 죽이는 듯한 긴장을 느낍니다
어미 새는 전선에 머물며 다른 곳을 주시하다가
아무도 없으면 미끄러지듯 날아 들어옵니다
쫓아내려고 하면 어머니는 말했습니다
"이 집을 지은 자재가
참새의 집이었는지도 모른다.
참새는 고작 가택 침입에 불과하지만
사람 쪽이
죄는 훨씬 더 무겁지 않겠니."
그 말씀이 떠올랐습니다

올해도 여러 마리 부화한 것 같습니다
보이진 않아도 목소리로 네 마리인지
하지만 올해는 어머니가 없습니다
여기가 우리 집인 것도 잊었고
가꿔온 꽃과 나무의 이름도 잊은 어머니는

아마 참새의 기억도 없을 겁니다

내가 현관 앞에 서면
짹짹거리던 어린 참새들은
방울을 집어삼킨 듯 침묵합니다
숨죽이느라 얼굴이 빨개져 있을 걸 생각하면
웃음이 터져 나옵니다
올해 다시 생긴 들보의 얼룩을 보니
"괜찮다. 집을 갉아먹는 것도 아니고."
어머니의 말이 들리는 것 같습니다
이 어린 참새들은
어머니의 마음이 키우고 있는 것이라는
생각마저 들었습니다

가까운 아버지 먼 어머니

아버지가 병상에 있던 때의 일입니다
어떤 간호도 가족만큼은 못하다며
아버지는 입원을 거부했습니다
그때까지 그려 모은 유화를 머리맡에 늘어놓고
우라반다이[6]의 풍경화를 꼼꼼히 살폈습니다
"이건 아무에게도 주지 마라."
아버지가 남긴 말입니다
현재 거실 중앙에 걸린 그림입니다

돌아가시기 한 달 전부터는 일어나지 못하셨습니다
나날이 쇠약해 가는 모습을 지켜보았습니다
귀가 후 반드시 용태를 살폈지만
"그냥 그래." 대답은 언제나 한결 같았습니다
그러나 내 눈에는 뚜렷이
전날보다 한층 더 짙은
죽음의 기색이 느껴졌습니다

---

6 우라반다이(裏磐梯) : 후쿠시마현(福島縣) 북부에 위치하며, 1888년 반다이산의 화
   산 분출로 해발 800미터에 반다이 고원과 몇몇 호수군들이 형성되었다. 훌륭한 경치
   로 손꼽는다(옮긴이 주).

나는 하루 간격으로 아버지의 수염을 깎았습니다
"넌 이발사가 될 걸 그랬다."
감사 대신 꼭 하는 말입니다
애프터 크림을 발라드리면
무엇을 만족했는지 깊이 고개를 끄덕였습니다

병상 속에서 아버지는
꾹 참고 견디는 모습을 자주 보였습니다
그 모습이 떠오를 때마다
나는 아버지의 삶을 헤아려봅니다
참고 견디는 것이란
참고 견디는 것조차 알아채지 못하게 하는 것
그것을 아버지에게서 배웠습니다
"인생은 이 한 번으로 족하구나."
이것이 아버지의 철학이었습니다

귀여워하던 손녀가 찾아온 때였습니다
"이 아이는 누구냐?" 물었습니다
그 자리에 있던 모두 아무 대답을 못 했습니다

그러자 대뜸 "좋아 용서한다." 큰 소리로 말했습니다
용서받지 못할 아이로 착각한 걸까요?
폐암의 통증을 억제하는 모르핀으로
뇌가 몽롱해진 것입니다
그러나 용서하는 마음은 약해져 있지 않았습니다
아버지의 여명이 얼마 남지 않았음을
의사에게서 들어 알고 있었지만
어째서인지 슬프지 않았습니다

돌아가시기 사흘 전 일입니다
더는 통증을 느끼지 못하실 터
가족이 모인 가운데 깨어나서는 헛소리로
"좋은 가족이었다."
신파조의 대사를 읊은 아버지였습니다
"그 말씀 하시기는 아직 한 달 이릅니다."
내가 농담 삼아 한 대답이었는데
왜 십 년이라고 못했는지 때늦은 후회로 가슴을 칩니다
아버지는 팔 년 전에 돌아가셨습니다

남은 어머니는 시설의 환한 방에 홀로 계시고
매일 아내가 문안합니다
휴일에는 나와 동생도 뵈러 갑니다
시간이 흐를수록 대화는 더 어긋납니다
그래도 살아계신 목소리로 대답을 들을 수 있습니다
그런데도 내 마음은
깊은 슬픔에 휩싸이곤 합니다

죽음이라는 현상이
결코 먼 세계의 일만은 아닌가 봅니다
살아가면서 서로 마음이 전달되지 않을 때야말로
아득히 먼 세계를 연상하게 되는 것 같습니다
숨결이 들리는 어머니 곁에 바르게 앉아
어머니와의 거리를 나는 바라보았습니다

교원 일가

초등학교 교장을 지낸 할아버지의 영향일까요
아버지는 고향에서 중학교 교장이 되었습니다
외삼촌은 아버지와 한 동네 초등학교 교장이고
삼촌네 옆집에는 또 다른 학교 교장이 살았습니다
세 분은 툭하면 술을 마시는 바람에
나는 한밤중에 술도가를 다녀와야 했습니다
초등학생이었던 나는
교원 따위는 절대 안 될 거라고
투덜대며 밤길을 걷곤 했습니다

어머니는 초등학교 교사였습니다
제자가 종종 우리 집에 찾아 왔습니다
그 제자의 남편은 남극 관측에 동행한 사람입니다
남극의 돌을 선물로 받기도 했습니다
교원도 괜찮은 직업이라고
돌을 보며 마음을 고쳐먹은 적도 있습니다

나는 무엇이 되고 싶었을까요?
어머니는 의사가 좋겠다는 말을 넌지시 비쳤습니다

무역상이 더 좋겠다고 아버지가 말하자
옛날에는 누구나 해군 대장을 동경했다고
술에 취한 삼촌이 말했습니다
나는 아무것도 안 하고 멍하게 지내고 싶었는데
그것은 아무래도 허락되지 않는 분위기였습니다

형은 중학교 교사가 되었습니다
누나도 초등학교 교사가 되어
동료 청년 교사와 결혼했습니다
외삼촌이 교직을 퇴임한 무렵
그 퇴직금을 일부 빌려서 우리 집을 신축했습니다
그러고 보니 나도 고등학교 교사가 되었습니다

학창 때 교제하던 교원 지망의 신슈[7] 사람과 결혼해
두 아이가 태어났습니다
장난꾸러기에 다치는 일도 빈번했지만

---

7 신슈(信州) : 옛 지명이며 지금의 나가노현(長野縣)을 말함(옮긴이 주).

이렇다 할 사고 없이 30년이 지나
아이들도 그럭저럭 독립했습니다

아버지는 8년 전 여든일곱으로 타계하셨습니다
시설에 들어가 반년이 지난 어머니는 올해 여든여덟입니다
집에는 아내와 단둘이 남았습니다
"할 일 다 마치고 가는 육신을 슬퍼하지 말라.
극락정토가 나를 기다릴 뿐이다."
할아버지가 죽음이 멀지 않은 병상에서
문병 온 우리 아이들에게 적어 준 노랫말이라고 합니다
"나도 할 일 다 했다."
죽음의 바닥에 엎드린 세밑, 아버지의 독백입니다
할아버지의 노랫말과 아버지의 그 한마디가
요즘 몹시도 생각이 납니다

날씨

장마가 걷히지 않아 무덥고 습한 날들
오늘은 활짝 갠 창공에서 폭염이 쏟아졌습니다
예정대로 정원관리사가 소독하고 갔습니다
고요한 일요일입니다

오전에 어머니를 찾아뵈었습니다
함께 점심을 들고 한 시간쯤 지나자
"온종일 있을 것도 아니고
한 시간 더 있어도 매한가지이니 그만 가라."
어디까지를 알고서 하는 말일까요
몹시 낙담하거나 안심하는 날이 있는가 하면
오늘은 묘하게도 내 마음이 맑습니다
이런 날들이 내 일상에 쌓여 가겠지요

태풍의 여파인지 먼 하늘이 울립니다
습하고 무더운 바람이 내 사고를 무기력하게 만듭니다
해 질 녘에는 아마 바람이 멎겠지요
내년과 후년에 닥칠 장마도
올해의 장마에 겹쳐서 오늘을 흐르고

어느덧 지나간 세월에 놀라게 되겠지요
그런 것을 예감한 휴일이었습니다

읽다가 만 책

요즘 어머니는 휠체어에 앉은 채 잠이 듭니다
부르면 고개는 끄덕이는데 눈은 뜨지 않습니다
아무도 없는 방에 앉은 나는
고개 숙인 어머니를 바라보았습니다
같은 자세로 기척이 없으시면 불안합니다
말을 걸면 손가락이 미미하게 움직입니다
안도감에 읽다가 만 책을 펼쳐드리면
무엇이 쓰여 있었는지조차 잊어버리십니다

무심코 창으로 하늘을 올려다보니
메탈 같은 파란빛에 눈이 부십니다
수풀 위로는 띠구름이 길게 깔리고
매미 울음이 목숨을 세차게 끌어올립니다
창밖은 한여름이었습니다
둥글게 만든 대나무 오리에 거미줄을 감아
매미를 잡아 준 어머니의 옛날이 떠올랐습니다
"매미 잡아 주셨지요."
어머니는 잠든 그대로입니다
매미 소리에 하늘 끝자락이 진동합니다

진동하는 하늘 멀리 그 여름을 바라보았습니다

두 시 넘어 잠에서 막 깨어나
휠체어에서 내리려는 소리가 들렸습니다
얕은 잠이 들었던 나는 무릎을 꺾고 다가갔습니다
몸이 성치 않은 어머니에게는
말뚝이나 바위가 되어 다가갈 뿐입니다
어머니는 느릿느릿 통나무 같은 내게 매달려
휠체어에서 내려오자 바닥에 털썩 주저앉습니다
"어디 가고 싶으세요?" 물었습니다
고개를 저으며 작은 목소리로
"몰라." 하고 대답합니다

눈을 꼭 감은 어머니는
생명이 지시하는 대로
몸 둘 곳을 찾는 것처럼 보였습니다
등을 굽혀 아파합니다
그 모습에 문득 나는 철없는 아이처럼
고양이를 상상했습니다

그러자 까닭 모를 서글픔이 밀려와
읽다가 만 책을 들어 신의 장 쪽을 펼쳤지만
기도할 대상이 없는 외로움에
도로 책을 덮었습니다

힘겹게 어머니는 이불에 누웠습니다
그 모습에서 나는 어머니와는 다른 뭔가를 느꼈습니다
매미가 온몸으로 울음을 토합니다
생명에 목소리가 있다면
그것은 오늘의 매미 소리
형체는 텅 빈 어머니의 모습이 아닐는지
생명의 형체를 본 것 같았습니다

흐린 날의 기도

방에 들어서려는데
주문 비슷한 소리가 들려왔습니다
반쯤 열린 문으로 얼굴을 내밀어
방 안을 들여다보았습니다
침대에 앉아 벽을 바라보고
거듭거듭 무엇을 외고 있는 노파
그것은 쇠약하고 쪼그라든 몸에
손만 묘하게 큰
내 어머니의 기도하는 모습이었습니다

"미쓰코, 요시오. 미쓰코, 요시오…"
어머니는 나와 아내의 이름을 외고 있었습니다
"여기 보세요, 요시오 도착!"
어린아이 어르듯 말을 걸었습니다
어머니는 내 모습에 깜짝 놀라다가 이내 안도하고는
"아, 딱 맞았다."
어떤 꿈과 연결한 걸까요
온화한 표정으로 돌아가 반깁니다

"나와 미쓰코를 불렀어요?"
넌지시 물었습니다
그러자 어머니는
"죄다 잊어버릴 것 같아서
너희 둘만은 잊지 않으려고 불러댔지."
그 말에 나는 목이 메어와
아무 대답도 못 했습니다

거의 다 손상되고 남은 뇌로
자신의 자아 붕괴를 알아챈 걸까요
필사적으로 아들과 며느리의 이름을 부르며
자신을 지탱하려 했을 겁니다
현실이 용해되는 것 같은 정체 모를 불안과 공포가
어머니의 가슴을 사정없이 덮친 것입니다

나는 조용히 방을 벗어나 복도로 나왔습니다
막다른 곳 비상구 근처에서 창문을 열자
낯빛을 바꾼 흐린 하늘이 의자 너머로 드리워졌습니다
재색 구름 속에 아버지를 그리며

'어서 모시러 와 주세요.'
저도 모르게 잿빛 하늘에 두 손을 모으고
그 말을 되뇌었습니다

돌이켜보면 예전 작품들은 글을 쓰고 싶은 강한 충동에 사로잡혀 쓴 것은 아니었다. 군이 설명하자면 글 쓰는 즐거움을 선행한 것이었다. 물론 시라는 문예가 지닌 일면의 의미를 만족하는 것으로 판단할 수도 있다. 그에 반해 이번 시집은 요 몇 달 사이 기록해야겠다는 감정이 크게 솟구치고, 기록하지 않으면 소중한 뭔가를 완전히 잃어버리지 않을까 하는 불안감에 자극을 받아 움직인 것이다.

올 4월부터 6월 무렵까지는 아무리 글을 써도 성에 차지 않고 줄곧 초조하기만 했다. 하루에 다섯 편 넘게 쓴 적도 있다. 그 다섯 편을 한 편으로 집약한 일도 있다. 모두 휴지로 버린 때도 있었다. 왜 그렇게까지 쓰고 싶었는지 그럴듯한 답은 떠오르지 않는다. 다만 이는 나의 반생, 아니 내 인생에 크게 영향을 준 사람의 마음 붕괴가 나를 그 길로 이끌었다고 볼 수 있다.

구체적으로는 내 어머니의 알츠하이머 발병이다. 지금까지 보아온 또는 보여준 내 어머니상이 너무도 약하게 변형되어 가는 것에 따른 내 마음의 동요이다. 어머니는 2002년 2월 11일 집에서 가까운 곳의 요양시설 '가든 코트 도가네(東金)'에 입소했고, 이후 두 달 남짓 나는 전혀 글을 쓰지 못했다.

그렇게 되기까지 온 신경이 지칠 대로 지쳐있었다. 간병에 지쳐 자살한 주부의 예를 나는 가까운 이에게서 보아왔다. 자살하는 이의 정신상태를 헤아리기에 충분한 상황까지 나와 내 아내도 내몰려 있었다. 작품으로 남겨야겠다고 마음을 굳힌 것은 어머니 입소 후 한참 지나고 나서부터였다. 따라서 어머니의 병세를 상기하며 쓴 작품과 시설 생활의 내용이 바탕을 이룬 작품으로 나뉜다.

30여 편을 완성해놓고 깨달았지만, 나는 이 작품 속에서 겉으로는 보이지 않는 무엇인가와 투쟁을 한 것 같다. 겉으로 보이지 않은 것이란 무엇이었을까. 그것은 표면으로는 혈육이고 현실이지만, 그동안 자신이 부둥켜안고 온 모종의 망상이 아니었을까. 그 망상은 결국 나로 하여금 인생의 항복 선언 같은 형태로 드러나기 시작했다. 항복이라는 말을 지금까지는 생각해 본 일조차 없었지만, 여기에서는 아무런 저항 없이 표현되고 있다. 이는 역시 어머니상의 상실에 따른 이유일 것이다. 어떤 의미에서는 굴레를 벗어났다는 생각도 들게 한다. 과연 그것이 본심이었다고 단언할 수 있을지 없을지 이 또한 의문스럽다. 다만 이러한 심경을 지금 기록해 두지 않으면 안 되겠다는 절실함이 있었고 그것이 이번 시집으로 이어졌다.

2002년 한여름
타카야스 요시로

어머니는 우리 존재의 등불

'어머니'라는 존재는 누구에게나 영원한 고향이자 유일한 안식처이다. 그 무엇도 어머니를 대신하기 어렵고, 어머니의 품 안보다 더 편안한 곳은 어디에도 없을 것이다. 떠오르기만 해도 푸근한 사랑과 온기를 느끼는, 살아계셔도 돌아가셨어도 가장 그리운 우리의 뿌리이자 근원인 것이다. '어머니'를 소재로 고아내어 읽는 이의 눈결을 적시는 시를 써보지 않은 시인도 아마 드물 것이다. 이 시집에 실린 시편들이 그러하다. 알츠하이머병에 걸려 날로 증상이 심해지는 어머니를 곁에 두고 지극히 간병할지, 아니면 전문가의 도움을 받으며 죄책감에 시달릴지 누구든 쉽게 결론지을 수 없다. 그렇기에 다카야스 시인은 깊이 앓았고, 그가 우려낸 시편들도 아프다.

나 역시 오랜 아픔이 되살아난다. 어머니가 팔순을 앞두셨을 때였다. 외할머니 묘를 찾아뵙고 싶어 하시기에 모시고 갔다. 산소에 도착하자마자 울음을 토하시는데, 그토록 애절하고 섧게 우는 모습을 보기는 처음이었다. 왜 그렇게 목 놓아 우셨는지 몹시 궁금했지만, 그때는 묻지 못했다. 그런데 이제 내가 그러고 있다. 무작정 그리울 땐 방법이 없다. 어머니 묘에 가서 실컷 눈물을 쏟고 오는 수밖에.

때늦게 찾아오는 상실의 아픔은 누구의 위로도 가슴에 와 닿지 않고, 텅 빈 세상에 홀로 남겨진 것 같은 고독감은 긴 시간이 흘러도 쉽게 가시지 않는다. 기다려주지 않는 시간을 믿고 효도를 미룬 일이 떠올라 뼈에 사무친다.

현재 우리나라 노인 10명 중 1명은 치매 노인이라는 연구 조사가 나왔다. 치매 유형 중에서도 알츠하이머형이 70% 이상을 차지한다. 예전에는 치매를 노망이나 망령이라고 하여 그다지 무겁지 않게 여겼지만, 이제는 고령화 사회에 필연적으로 나타나는 사회문제로, 지속해서 모두가 풀어가야 할 큰 과제가 되었다.

여기에 실린 시편들도 노쇠하고 아픈 특히 알츠하이머병에 걸린 어머니를 차용하여 표현하고 있지만, 이는 머지않아 우리 모두에게 다가올 미래의 모습을 찾아가는 과정이 아닐는지. 폭넓은 독자들과 함께 온 가슴을 적실 수 있으리라 기대한다.

끝으로 내 손에서 이 번역 시집이 완성되도록 믿고 기다려준 저자 다카야스 부부에게 깊이 감사한다. 그리고 내 마음을 떠나지 않고 언제나 사랑으로 고요히 머물러 주시는 부모님께 또다시 사랑한다는 말을 전한다.

2017년 늦봄

임나현

기도는 가을비에 젖어

- 다카야스 미쓰코(저자의 아내) -

여든여덟인 자신의 나이를 서른일곱이라 하고
계절은 늦봄이랬다, 초여름이랬다 하고
마디 끊긴 시간을 끌어안고
어머님은
현실에서 망상으로 다리를 건너갔습니다

어디에 닿으려고 배회를 하는지
분노는 무엇을 호소하는 것인지
당신의 암호를 풀지 못한 채
나는 흠뻑 젖어 갔습니다

당신이 시설에 입소하는 날 아침
조금이나마 남은 의식에
마지막 추억을 쌓고자 보여드린 바다 풍경에
당신은 유난히 들떠있었습니다
어려운 책장 넘기듯 나는 당신의 손을 살며시 놓았습니다

무르익은 생명의 나무에서
벌레 먹은 사과처럼 낙하해버린

당신 생명의 슬픔은
나에게 노쇠의 아픔을 알려줍니다

생년월일을 물으면
"지금은 잊었어도
옛날에는 다이쇼 3년 9월 8일이라고 말할 수 있었는데."
무심코 입 밖에 내는 자신의 생일은 기억 못 해도
자신의 이름은 압니다
이름은 아마도 당신이 돌아갈 곳이기 때문이겠지요
그리고 망가져 가는 영혼의 마지막 소유물일 테지요

당신이 남긴 정원에는
애정을 쏟은 화초가 예전 모습 그대로
당신의 이름을 알리고 있습니다
망상 속에 남은 희미한 인격의 외침처럼
꽃무릇이 피었습니다
꽃에서 당신의 목소리를 찾는 듯
고추잠자리가 내려앉습니다

당신과 함께한 서른한 해
깊이 새겨진 당신의 이름을 덧쓰고 있으면
복받쳐 오르는 말은
부디 당신이 돌아가는 곳이 평온한 곳이길

기도는 가을 기운을 느끼며 가을비에 젖어 갔습니다

아마존 독자 서평

— "아이 울리지 마라, 당신이 온 길이다. 노인 천대 마라, 당신이 갈 길이다."라는 말이 있다. 이 시집에는 그 이상의 '숭고함'이 표현되어 있다. 인생에서 가장 큰 회오리로 다가온다는 간병의 시간 속에서 이 같은 기록을 남긴 저자에게 감탄과 고마움을 전한다.

— 인간은 누구나 늙는다. 또 자신이 늙기 전에 먼저 육친의 노쇠를 경험한다. 그리고 누구나 처음으로 그 일을 겪으며 "간병의 고초는 경험한 자 아니고는 모르는 일"이라고 말한다. 그것은 경험지식, 암묵지식에 속하기에 진실이다.

— 평범하게 지나칠 수 있는 길을 문학이라는 작법을 통해 알리는 것은 의의 깊은 일이다. 간병의 고초를 겪은 이들에게 큰 위안이 될 것이다. 유익한 책이다.